외갓집 추억

어르신 이야기책 _212 중간글

외갓집 추억

초판 1쇄 발행일 2023년 2월 20일

지은이　이용분
그린이　남인희
펴낸이　이원중

펴낸곳 지성사　출판등록일 1993년 12월 9일　등록번호 제10-916호
주소 (03458) 서울시 은평구 진흥로 68, 2층
전화 (02) 335-5494　팩스 (02) 335-5496
홈페이지 www.jisungsa.co.kr　이메일 jisungsa@hanmail.net

ISBN 978-89-7889-518-7 (03810)

외갓집 추억

이용분 글 · 남인희 그림

지성사

차례

돗자리 장수

그녀는 이따금 강화도 돗자리를 머리에 이고 다니면서
팔았다.

길에서 우연히 만나면 가을에 전라도 시골 어디엔가
있다는 고향에서 추수해 가져왔다며 느닷없이
"쌀 좀 사라"고 조르기도 하여 아주 난감하기도 했다.

어찌 보면 어리숙하고 좀 모자라는 사람처럼 보이기도
해서 매번 응대하기에는 좀 곤란한 초로의 아주머니다.

그녀의 어머니도 예전에 아파트가 흔치 않던 시절, 이곳
근처 작은 아파트 앞 사람들이 많이 오가는 길가에 앉아서
과일 행상을 했다.

젊은 날, 내가 보았던 영화 속 그 당시 세기의 연인
'잉그리드 버그만'과 '게리 쿠퍼'가 주연을 맡았던
〈누구를 위하여 종(鐘)은 울리나〉에 등장하는 집시 여인
유격대장처럼 거친 인상이었다.

흐트러진 하얀 머리카락에 두 볼 광대뼈까지 툭 튀어나와
참으로 억세게도 생겼다.

게다가 추운 날씨에는 허름하고 엉성한 차림으로
허리를 목도리 같은 것으로 질끈 매었다.

머리에도 따뜻해 보이기는 하지만 터번처럼 무엇인가를
둘러 어찌 보면 집시 여인처럼 보이기도 했다.

그런 차림으로 앉아서 궤짝 위에는 국광 중에서도
껍질이 터진 헐한 사과를 늘어놓고 "싸고 맛있는 사과 좀
사가시오" 하고 호객을 하는 통에 인상에 남았었다.

나중에 보니 그녀의 어머니였다. 차림새에서도 모녀가
너무나 똑같았다.

어찌 보면 인디언 추장 마누라처럼 겹겹이 껴입은 옷과

머리에 두른 너저분한 머릿수건 때문에 건성 인상으로

보노라면 걸인 같기도 한 차림이다.

얼굴색은 추운 날, 길에서 살갗이 얼어서인지 마치

낮술에 취한 듯 항상 불콰하니 본래의 낯빛을 분별하기가

어려웠다.

서울에 상주하면서도 그처럼 어설프게 차리고 다녔다.

그 당시는 어수룩한 차림의 할머니들이, 시골에서 왔는데 딸네 집에 주려고 가져왔다가 길을 잃어버려서 노잣돈을 한다며 가짜 꿀을 진짜라고 팔고 다니던 시절이다.

소쿠리에 갖가지 채소를 어깨에 메고 다니면서 파는 게 유행하던 시절이다.

그도 방금 상경한 시골 사람 행세를 하며 장사하려고 그리 차리고 다니는 게 아닌가 하는 생각이 들기도 했다.

어머니와 딸은 팔자가 서로 닮는다던가. 그녀는 그렇게 엉성궂은 어머니와 한집에서 살았다.

그 어머니는 때때로 골목길에서 그을린 양은솥을 걸고 사과 궤짝을 부수어 때면서, 피어오르는 매운 연기에 연신 기침을 하며 밥을 짓기도 했다.

알고 보니 그녀의 남편은 시골에서 다른 여자와 살고, 그녀는 본집에서 밀려나 이곳 자그마한 연립주택에 살면서 닥치는 대로 장사를 하며 지내는 모양이었다.

때때로 다 큰 자식들이 찾아오는데, 그 와중에 출가한
딸도 어머니에게 심심치 않게 손을 내민다고 이웃이
전한다.

어쩌다 찾아온 아들도 울산에서 대기업에 다닌다며
자랑을 하지만, 역시 제 살기에 바빠서 고생하며 사는
어머니는 나 몰라라 전혀 돌보지 않는 것은 물론, 급하면
찾아와서 손을 내미는 것처럼 보였다.

여름이면 골목에서 만날 때마다 입버릇처럼 한결같이
"돗자리 좀 사시오, 잉" 하며 보채기에 한번은 강화도
돗자리를 사주려고 마음먹고 마땅한 물건을 가져와 보라고
했다.

어느 날, 그녀가 제일 큰 돗자리를 머리에 이고 우리 집에 찾아왔다.

안방으로 들어오게 하여 돈을 치르기 전에 차라도 한잔 대접하려고 부엌으로 들어갔는데, 이 아주머니가 부리나케 부엌으로 쫓아 나오는 게 아닌가.

의아한 내가 "왜 앉아 계시지 부엌에는 쫓아 나오세요?" 하고 물었다.

"아, 예. 주인 없는 안방에 앉아 있으면 오해받을 일이 생기기 십상이니까요."

나는 내심 깜짝 놀랐다. '저리 허술하게 차리고
행상하면서 다녀도 남에게 오해받거나 폐가 되는 일은
하지 않는구나.'

그 무렵에 어떤 친구가 겪은 이야기가 떠올랐다.

마침 오랜만에 놀러 온 친구를 대접하려고 부엌으로
차를 끓이러 간 사이, 옷장 안에 두었던 패물을 뒤져
몽땅 훔친 것을 친구가 간 다음에 알게 되었지만
보지 못했으니 지목할 수도 없고 그냥 도둑을 맞았다는
기가 막힌 이야기를 들은 터라 고개가 끄덕여졌다.

　그 후 아무리 허름한 차림에 하찮은 장사를 하고 다녀도 속심지는 바르고 곧은 분이라는 생각에 그녀를 다시 보게 되었다.

　그녀가 집과는 아주 먼 신촌 버스 정류장에서 어쭙잖은 물건과 채소를 벌여놓고 장사하기도 하며 열심히 살아가고 있는 것을 보았다.

　이는 몇십여 년이 훌쩍 지나버린, 전에 살던 곳에서 겪은 이야기다. 지금은 그녀가 어떤 모양새로 살고 있는지 궁금해진다.

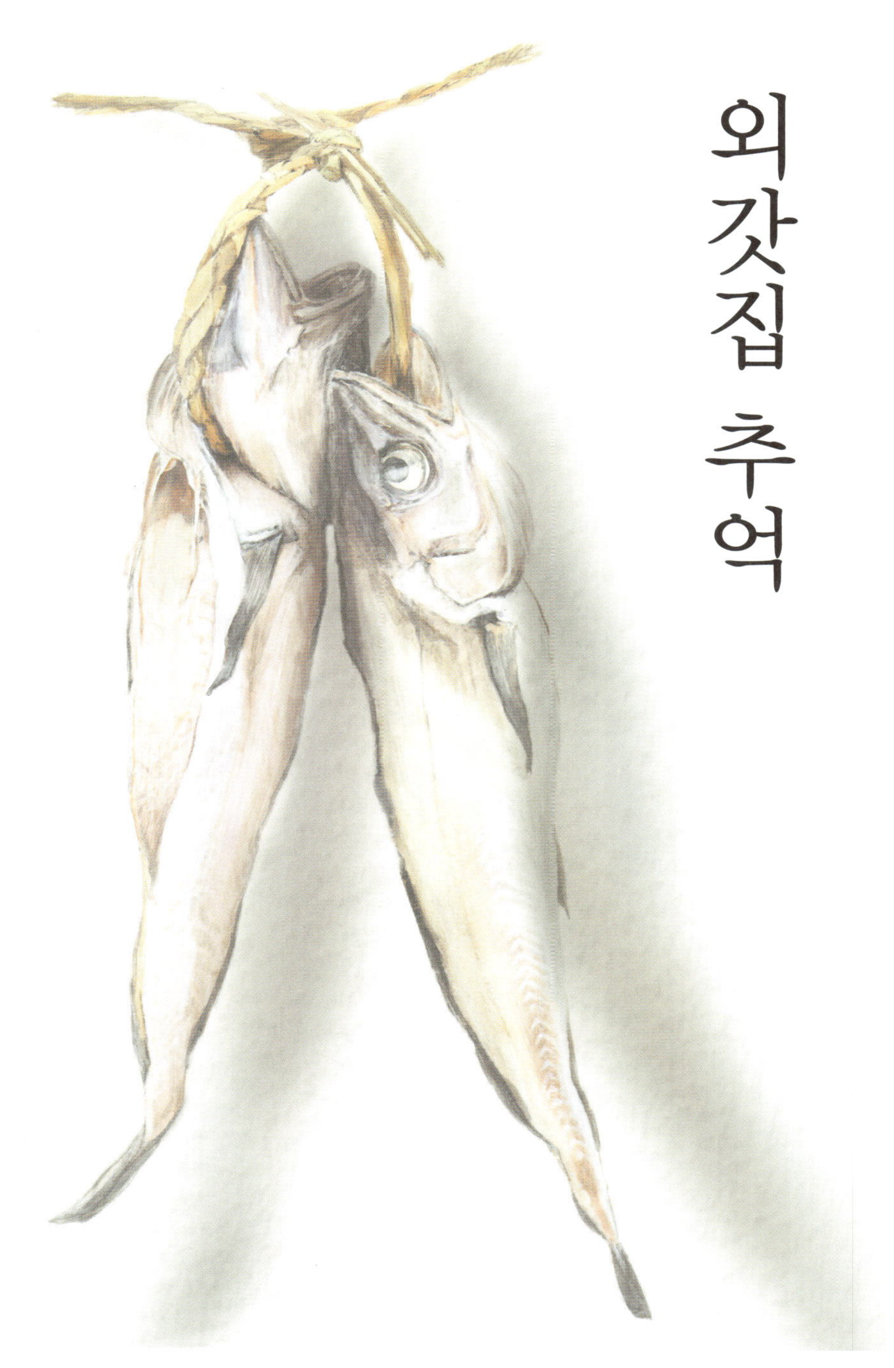

외갓집 추억

갑자기 날씨가 추워지니 문득 옛날 중고등학교 시절,
여름 방학이나 겨울 방학에 종종 찾아갔던 아주 깊은
시골의 외가댁 생각이 난다.

그곳은 대전 근교의 시골로 그때만 해도 버스도 없고,
호남선 완행열차가 하루에 한두 번 오가는 터라
교통이 아주 불편했다.

대전 큰 시장에서 동태 두어 마리를 사서 달랑달랑
새끼줄에 매단 것을 들고, 작은외삼촌을 따라
큰길로 몇십 리인지 모를 거리를 걸어야 했다.

여름날, 가수원이라는 곳에서 큰길을 벗어나 넓디넓은
야산(野山)을 한참 걸어가다 보면 여기저기 곱게 핀 주홍색
점박이 나리꽃을 만난다.

완만하게 S(에스)자 모양으로 고부라진 길을 쭉 더 가서
드디어 나지막한 고갯마루에 올라서면 저 아래쪽에 멀리
옹기종기 사이좋게 모여 있는 조가비 같은 초가집들,
나의 외갓집이 있는 한우물〔大井里, 대정리〕이 보였다.

낮게 땅거미가 지는 저녁 무렵, 집집마다 저녁밥을 짓느라
자욱한 연기에 휩싸인 초가마을 풍경이 얼마나 정겨운지,
한달음에 달려가 그곳에 얼른 안기고 싶은 충동을
느끼곤 했다.

　　한여름 큰외삼촌네 모를 심는 날, 넓은 마당에

큰 멍석을 두어 장 잇대어 깐다.

품앗이 모를 심으러 온 친인척 아주머니 아저씨들이

둘러앉아 한 죽(그릇 따위를 열 벌 묶어 이르는 말)은

족히 되어 보이는 갸름하고 중간 크기의 바가지들에

호박나물, 가지나물, 열무김치 등 갖은 나물을 올려놓고

고추장, 들기름을 듬뿍 친 다음 쓱쓱 비벼서

왁자지껄 점심을 먹던 정겨운 풍경…….

여름날, 암소가 뒷산 감나무 밑에서 송아지를 낳자 큰외삼촌이 혀를 끌끌 차며 소가 더운 데서 얼마나 고생했겠냐며 두 팔로 번쩍 들어서 안고 들어올 때 본 갓난 송아지의 초롱초롱했던 눈망울…….

헛간 잿더미 위에 용변을 보고 재로 덮었던 일…….

이 모든 것이 도회지에 살던 나에게는 무척 신기했다.

큰외삼촌은 눈이 크고 기골이 장대해서 마을에서 큰외삼촌을 제치거나, 그의 말에 감히 거역하는 사람이 없었던 유지급 어르신이었다.

눈이 큰 사람은 겁이 많다는 말이 헛말인 것처럼
그 동리에서는 힘이 아주 세고, 말발에 영(令)이 딱 서는
큰 어른이었다.

큰외삼촌 내외는 누구 탓인지는 몰라도 자손이 없었다.

종갓집인 데다 가세가 비교적 넉넉했던 큰외삼촌은
아들딸을 줄줄이 낳아 아이가 많은 작은외삼촌네 아이 중
인물이 제일 좋고 잘난 큰아들을 양자로 들였다.

그리고 아주 어렸을 때부터 애지중지 키우면서
지성을 다해 공부시켰다.

서울로 유학 보내서 명문 대학까지 나오게 했지만, 자신의
아이를 가져보고자 하는 굴뚝 같은 마음은 끝끝내 접지
못했다.

그 내외분은 겉으로 보기에는 아주 다정한 부부였다.
요즘 세상 같으면 불임 검사라도 받아서 누가 문제인지
진료도 받고 어찌해 보기도 했으련만, 그 시절엔 꿈도 꿀 수
없는 문제였다.

오직 천지신명만이 알고 좌지우지할 수 있는
삼신할머니의 영역이었다.

큰외삼촌은 여동생의 아이인 우리가 방학에 놀러 가면
언제나 극진히 칙사 대접을 했다.

따로 차린 밥상에 "어디 우리 서울 큰 손님들 뭐 자실
반찬이나 있나?" 하고 부리부리 황소같이 큰 눈을 더 크게
뜨시고 우리 밥상을 넌지시 넘겨다보며 "맛있는 것 좀 많이
해주라"고 외숙모에게 당부하곤 했다.

어느 날은 동네에서 잡은 소고기를 샀다면서 그 시절
시골에선 정말 귀한 선홍색의 커다란 소고기 덩어리를
새끼줄에 매달아 쪽대문 안으로 들고 오시곤 했다.

“우리 서울 귀염둥이들 소고깃국 끓여주라고 사 왔지,
허허허.”

저녁 식사 후 마실 갔다가 느지막하게 돌아오실 때면
꼭 이렇게 말씀하셨다.

“우리 귀한 손님들한테 뭐 밤참 대접을 해야 할
텐데……”

큰외삼촌은 이렇게 말끝마다 ‘우리 귀한’을 붙이시며
은근히 외숙모를 채근했다.

큰외숙모께서는 바느질 손을 멈추고 뒤꼍 단지에 꼭꼭 감춰 두었던 얼음처럼 차디찬 연시를 꺼내 나무 쟁반에 받쳐 내오셨다.

따뜻한 구들방에 앉아서 먹던 달콤한 연시 맛이 어찌나 좋던지, 내 평생 그렇게 맛있는 연시는 먹어본 적이 없었다.

바로 뒤꼍에는 큰 고욤나무가 있어서 고욤 열매를 삭힌 것도 먹곤 했는데, 그때는 그런 게 모두 아주 귀한 시절이었다.

또 같은 동리에 내 친정어머니의 사촌 남동생들이
많이 계셔서 번갈아 가며 초대를 했다.

방바닥에 곱게 바른 진흙 위에 들기름으로 길들인,
지금으로 보면 진짜 웰빙(참살이) 황토방도 있었다.

그 시절부터 황토의 효능이 알려졌던 것인지
곰곰이 생각해 보면 아주 신기한 일이었다.

그중 넷째 동생 아내인 아주머니는 우리를 불러서

따뜻하고 정성스러운 밥을 해주곤 했다.

우거짓국에 하다못해 멸치 같은 조미료도 넣지 않고

오로지 쌀뜨물로만 끓인 된장국도 너무나 구수하고

맛이 좋았다.

게다가 우리는 손님이라고 귀한 하얀 쌀밥을 고봉으로

담아주시고, 자기들은 대용식인 고구마를 쪄서 한옆에서

먹곤 했다.

사실 우리가 진짜 먹고 싶었던 건 겉껍질이 빨갛고 속이 샛노란, 김이 모락모락 나는 따끈한 고구마였다. 하지만 그것을 알 리 없었으리라.

뒷산 밑 깊이 파놓은 토굴 안에는 고구마나 무를 저장했는데, 꽤 깊어서 그 안에 들어갔다가 나오려면 누군가가 꼭 손을 잡아 끌어내 주어야만 했다.

이곳에 저장한 고구마는 식감이 아삭아삭하고 알밤보다 더 맛이 좋았다.

　며칠 머물다가 좀 무료해하면 아주머니는 "우리 새뱅이 잡으러 안 갈래?" 하며 잔뜩 달뜬 목소리로 물었다.

　그러고는 한겨울, 버선을 벗어 빨갛게 언 맨발로 낡은 어레미(바닥 구멍이 굵은 체)를 들고 신명 나게 앞장을 섰다.

　새뱅이를 잡으려면 먼저 넓은 들녘 논 한가운데에 있는 조그만 둠벙의 꽁꽁 얼어붙은 얼음을 깨서, 고인 얼음물을 헌 이남박(안쪽에 여러 줄로 고랑이 지게 돌려 파서 만든 함지박)으로 모두 퍼내다시피 해야 한다.

그다음 어레미로 건져내면 검회색의 민물새우인 새뱅이가
보이고, 한겨울에 잠자다가 뜻밖에 날벼락을 맞고 놀라서
펄떡거리는 붕어와 미꾸라지들도 섞여 있다.

지푸라기 속에 몸을 숨긴 '날도래'라는 이상한 벌레와
'장구애비'를 그때 처음 보았다. 그 자리에서 징그러운
벌레는 얼른 골라내어 버린다.

이것들을 마을 논 둘레를 화강암으로 나지막하게 쌓아
만든, 바가지로 푸는 샘물터(땅속에서 끊임없이 맑은 물이
용솟음치듯 솟구쳐 나와서 이곳을 한우물〔大井里〕이라
일컬었는가!)로 가져간다.

샘물이 철철 넘쳐 돌 틈 사이로 졸졸 흐르는, 조금은
김이 나고 따뜻한 물에 흘려서 일일이 티 검불을 가려내고
깨끗이 헹군다.

이제 집으로 돌아와 무를 나박나박 썰고 고추장을 푼다.

우리도 함께 아궁이 앞에 쪼그리고 앉아 볏짚이나
콩 타작 뒤 남은 콩 줄기로 아궁이에 '후후' 불을 지핀다.
곧 빨갛게 색이 변해 시원하고 담백한, 그야말로 맛이
일품인 새뱅이 무국이 완성된다.

눈두덩이가 약간 두툼해 눈이 좀 작고 피부는 하얀데,
낡은 검정 무명 치마를 입고 있던 그 아주머니의 소박하고
따스한 웃음이 영 잊히지 않는다.

그때는 일제 강점기가 막 끝나고 연이어 육이오 전쟁
후라 세상살이가 무척 궁핍하고 어려운 시절이었다.

모처럼 서울에서 내려온 나의 두 살 터울 아래 남동생과
나를 즐겁게 해주려고 일부러 한겨울에 그런 힘든
재밋거리를 만들어주셨던 것 같다.

그 아주머니는 육이오 때 아저씨가 북으로 납치되어
행방불명된 후 홀로 아들 하나를 키우면서 수절하신
순정형 부인이었다.

평생은 물론, 어릴 때도 시골에 산 적이 없던 나로서는
유일하게 시골의 따뜻한 정취와 서정적인 정서를 심어준
큰외삼촌과 그 아주머니에 대한 기억이, 나이가 잔뜩 먹어
버린 지금도 한 편의 예쁜 동화처럼 느껴진다.

그 후 그곳은 개발에 밀려 국내 굴지의 대기업체가
들어오고, 마을의 친인척들은 모두 뿔뿔이 흩어졌다는
말을 들었다.

결혼을 하고는 한 번도 가볼 기회가 없었던 나에게는
믿어지지 않는 현실로, 그곳은 나의 마음속에 영원한
고향처럼 자리 잡은 채 잊을 수도, 떠날 수도 없는 곳이
되었다.

관
심

모처럼 날씨가 겨울답지 않게 따뜻하다. 요즘 따라
무기력한 나에게 남편이 운동 삼아 모란시장을
구경 가자고 한다.

오늘이 초나흘 모란 장날이다. 별로 사고 싶은 것도 없다.

생선이 좀 싸지만, 남편이 후쿠시마 원전 사태 이후
생선 먹기를 꺼리는 터라 생선 살 마음도 없다.

못 이기는 척 옷을 따뜻하게 입고 얼마 전 큰아들이
선물한, 빨간 장바구니가 달린 새 카트를 끌고 길을
나선다.

남들도 똑같은 생각인지 지하철 안부터 복잡하더니

모란시장 쪽으로 향하는 에스컬레이터는 올라가고 내려오는

사람들로 미어질 듯하다.

이곳은 적당히 소탈하게 차려입은 사람들이 가족과

더불어 친구와 함께 나들이 삼아 나오는지 항상 붐빈다.

다른 때 같으면 남편은 자기대로 꽃 구경 가고 나는

나대로 살 것을 사러 갔겠지만, 별다른 목적이 없으니 그냥

사람 수가 한적한 골목길을 택한다. 식용 닭이나 개를 파는

골목이다.

예전과 달리 개도 육견(肉犬) 따로, 애완용 개 따로
분별해서 키우게 되었다.

이곳의 덩치가 큰 개들이 언젠가 찾아올 제 운명을
아는지 모르는지 초점 없이 멍한 눈으로 웅숭그리고
앉아 있다.

오래전 프랑스 여배우 ‘브리지트 바르도’가 “한국인은
개고기를 먹는 야만인이다”라고 비난을 하여 우리를
당혹하게 한 적이 있다.

이제는 골목길에서 알록달록 따뜻한 옷을 입은, 종류도
다양한 강아지들이 주인의 보호를 받으며 함께 다니는 걸
보아오다 이 개들을 보니 그 운명이 가엾고 한없이
불쌍하다.

이따금 운동을 나가는 탄천 산책길 옆에 언제부터인가
반려견의 놀이터가 생겼다.

주인의 각별한 관심 속에 마치 자식을 보살피듯 "애는",
"쟤는" 하며 사랑받는 반려견을 생각해 보니 너무나
천양지판이다.

소나 돼지처럼 그냥 사람들의 편리한 잣대로 정한
일이라고 생각하면 그만이겠지만, 개를 보는 시선은
그렇게 되지를 않는다.

누가 개 팔자를 상팔자라고 말했던가.

어떤 개는 사랑해 주며 키웠다면 분명 충견이
되었음 직한 놈들도 섞여 있다.

마치 백여 년 전 백인에게 잡혀 미국에 팔려 가는
노예선을 탄 아프리카 흑인들을 연상케 한다.

그 골목을 따라가다 보니, 한 아름은 되어 보이는
겨울 파를 잔뜩 쌓아놓고 팔고 있다.

파가 불티나게 팔리고 있다. 이제 겨우 도착한 우리는
파를 사면 끌고 다니는 게 힘들다는 생각에 오는 길에
사기로 하고 지나쳤다.

사람들은 무엇인가 열심히 사고 있다.

목적이 없으니 사진도 여느 때와 달리 찍게 되지를
않는다. 그냥저냥 무엇인가 둘러보다가 "아, 아까 그 파나
사러 가야지" 하고 발길을 돌렸다.

사람들 사이를 헤치고 찾아가 보니, 다 팔리고
빈터에 파의 겉껍질들만 어지럽게 남아 있다.

하는 수 없이 꽃 파는 곳을 찾아가 보기로 했다.

계절도 잊은 듯 갖가지 꽃들이 가득하다.

이곳은 항상 꽃을 사는 사람들로 붐빈다.

값도 싼지 막 꽃봉오리가 피기 시작하는 난초 가게 앞이
특히 북적댄다.

사람들은 무엇보다 우선으로 꽃을 사는 것 같다.

이 삭막한 세상살이에 아름다운 꽃이 주는

위안 때문이리라.

그때 어떤 부부가 아까 우리가 보았던 파를 푸짐하게

담은 까만 비닐봉지를 들고 있는 모습이 보였다.

"이 파 어디서 사셨어요?" 하고 물으니 "저 아래

첫 번째 골목에 트럭을 세워놓고 팔던데요" 한다.

'그러면 우리가 보았던 그 자리가 아니고 또 다른 곳에서 파를 파는 모양이지? 오늘은 파만이라도 사가지고 가야지' 하는 일념으로 다시 오던 길을 되돌아 더듬어 찾아간다.

간간이 사람들 손에 그 커다란 파 단이 들려 있다.

'맞아, 이 길이 맞는 것 같다.'

그렇지만 별로 큰 확신은 없는 터다.

수없이 많은 사람을 거스르며 가다 보니 진짜 파를 가득 싣고 온 자그만 트럭에서 막 팔고 있는 게 아닌가. 그중에 때깔이 좋고 큰 단을 골라서 산다.

지하철로 빠지는 골목길을 나오는데 파 단을 손에 든 사람들이 너도나도 앞서거니 뒤서거니 가고 있다.

지하철을 타기 위해 줄을 선다.

"아, 파가 싸던데 그 파를 사셨군요."

어떤 아주머니가 관심을 보낸다.

지하철을 탄다.

중년을 넘긴 어떤 아저씨는 "파를 사셨군요" 하며 파란
이파리를 뚝 따서 코로 냄새를 맡는다.

"중국산은 아닌지……"

'아, 맞아. 물건이 너무 싸면 다 이유가 있던데…….
그 함정을 몰랐구나.'

'이미 때는 늦었다'라는 생각이 머리끝을 쭈뼛하고
스친다.

"내가 파 농사를 지어서 좀 아는데 냄새를 맡아보니 중국산은 아닌 것 같아요" 한다.

"알기로는 흙이 붙은 채소는 수입을 금한다고 하던데요. 토양을 오염시킨다고……" 하며 내가 말끝을 흐렸다.

"어차피 국산 파도 소독을 많이 한다고 하니 잘 씻어 먹어야지요."

중년의 아저씨는 다시 "요즘은 비닐하우스에 파를 묻어놓고 먹으면 샛노란 파의 새싹이 아주 달콤하고 맛이 좋던데요" 한다.

언뜻 내가 살림이 서툴던 젊은 시절, 어머니가 오셔서
김장을 끝내고 파 한 단을 화분에 심어주시며
"한겨울에 비싼 거 사 먹지 말고 새싹이 돋으면 뜯어
먹어라" 하시던 생각이 떠오른다.

그때는 모두 어려운 시절이라 이렇게 아껴 살라
하신 것 같다.

귀갓길에 보통 때 잘 찾아가는 식당에 들러 저녁을
먹는다. 계산대에 돈을 내니 내 파를 쳐다보며
주인장이 말한다.

"오늘은 파가 싼지 파를 산 사람들이 많네요."

파를 샀으니 그럴 테지……. 요즘 들어 사람들에게 이렇게 많은 관심을 받기는 쉽지 않다.

남의 일엔 도통 무관심한 요즈음 사람들의 따뜻한 관심은 즐거운 일이지 않은가.

추운 겨울을 견딘 거친 파 껍질을 벗기고 보니 파릇하고 연한 게 벌써 봄기운이 돋은 듯 향기롭기까지 하다.

틀림없는 국산 파인 것 같다.

스스로 읽는 성취감, 스스로 완성하는 글짓기,
어르신 이야기책을 소개합니다!

　　도서출판 지성사에서 어르신들의 인지 기능을 활성화할 수 있는 우리나라 대표 문인들의 작품을 모아 큰글자책 〈어르신 이야기책〉을 펴냈습니다. 이 시리즈는 어르신들의 집중도에 따라 책을 선택할 수 있도록 글의 수준이 아닌, 원고 분량으로 나누었습니다. 긴글(70~120매), 중간글(40~70매), 짧은글(40매 미만) 그리고 그림책입니다.

　　〈어르신 이야기책〉은 어르신들께서 쉽게 책 한 권을 완독하는 성취감을 느끼게 해줍니다. 우리나라 대표 문인들의 작품이라 문장의 완성도 또한 높습니다. 무엇보다 회상작용이 일어날 수 있는 소재의 작품들로 구성되어 있어, 어르신들의 인지 기능 활성화(치매 예방)에 큰 도움이 됩니다.

짧은글

중간글

긴글

그림책

특히 그림책에는 두 가지 기능이 있습니다. 첫 번째는 집중도가 떨어지는 어르신들이 그림에 곁들인 한 줄 글을 마중물 삼아 당신의 기억 속 이야기를 말씀할 수 있게 유도합니다. 두 번째는 문해학교 등에서 어르신들이 스스로 글을 짓는 데 활용됩니다. 그림책에는 그림과 한 줄 글이 제시되어 있고, 여백이 있습니다. 어르신이 직접 글을 지어 채우는 공간입니다. 글을 완성한 후 표지에 이름을 적어 넣으면 세상에 한 권뿐인 어르신의 책이 완성됩니다.

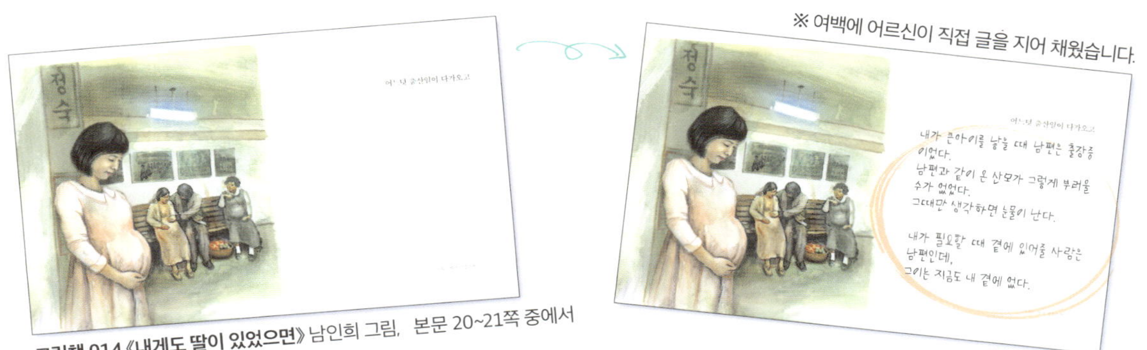

※ 여백에 어르신이 직접 글을 지어 채웠습니다.

그림책 014《내게도 딸이 있었으면》 남인희 그림, 본문 20~21쪽 중에서

※ 글짓기를 한 어르신의 이름을 적습니다.
어르신이 저자가 된 책 완성!!